Analyse de l'œuvre

Par Raphaëlle O'Brien
et Bachir Bourras

Le Chien jaune

de Georges Simenon

Rendez-vous sur lepetitlitteraire.fr et découvrez :

Plus de 1200 analyses
Claires et synthétiques
Téléchargeables en 30 secondes
À imprimer chez soi

GEORGES SIMENON

ÉCRIVAIN BELGE

- **Né en 1903 à Liège (Belgique)**
- **Décédé en 1989 à Lausanne (Suisse)**
- **Quelques-unes de ses œuvres :**
  - *Le Chien jaune* (1931), roman
  - *Le Bourgmestre de Furnes* (1939), roman
  - *Pedigree* (1948), roman

Écrivain belge extrêmement prolifique, Georges Simenon commence sa carrière par le journalisme avant de se lancer dans l'écriture de romans (plus de 190) et de nouvelles, parus sous son nom ou sous un pseudonyme.

Colette (femme de lettres française, 1873-1954), à ses débuts, lui aurait conseillé de privilégier les histoires simples à la littérature. Et de fait, d'une écriture efficace et sans fioritures, Simenon décrit la société de son temps, s'intéressant à la vie des petites gens comme aux dessous de la politique, de la criminalité, etc.

Grand voyageur à la curiosité insatiable, il est doté d'une capacité de travail hors norme, pouvant écrire un roman en 11 journées de travail continu. Son entrée dans la fameuse « Bibliothèque de la Pléiade » a consacré l'importance de son œuvre.

LE CHIEN JAUNE

L'UNE DES PREMIÈRES APPARITIONS DU CÉLÈBRE MAIGRET

- **Genre :** roman policier
- **Édition de référence :** *Le Chien jaune*, Paris, Librairie générale française, coll. « Le Livre de Poche », 2003, 190 p.
- **1re édition :** 1931
- **Thématiques :** enquête, suspense, meurtre, vengeance, peur, contrebande

Publié en 1931, *Le Chien jaune* est l'un des premiers romans mettant en scène le commissaire Maigret, créé en 1929. Aussi le personnage est-il encore célibataire, par exemple, mais déjà affublé de sa célèbre pipe.

La petite ville de Concarneau (Bretagne) est le lieu de crimes que le commissaire s'applique à résoudre, tout en s'impliquant dans la destinée de personnages humbles qu'il prend sous son aile. C'est, pour Simenon, l'occasion de dresser un portrait sans concession de la bourgeoisie provinciale, mais également d'affiner la méthode d'investigation atypique de son personnage.

RÉSUMÉ

DÉBUT D'UNE NOUVELLE ENQUÊTE

Tout commence à Concarneau, le 7 novembre, à 23 heures. En sortant de l'hôtel de l'Amiral, alors qu'il s'est réfugié sous le porche d'une maison déserte pour allumer son cigare, M. Mostaguen est brusquement abattu par un tireur embusqué dans cette même maison. Surgi de nulle part, un chien jaune s'installe dans le café de l'Amiral.

Le commissaire Maigret arrive le lendemain, en compagnie du jeune inspecteur Leroy ; il rencontre Jean Servières, Le Pommeret et le docteur Michoux, qui ont passé la soirée avec Mostaguen. Alors que les trois hommes s'apprêtent à boire leur traditionnel Pernod, Michoux les en empêche : il s'est aperçu qu'un dépôt de poudre blanche s'est formé dans le fond de leurs verres. Les analyses montrent qu'il s'agit de strychnine, un poison violent. Michoux décide de rester dormir à l'hôtel et Maigret interroge Emma, la fille de salle et la maitresse occasionnelle de Michoux. Elle parait bouleversée.

Le lendemain, Maigret constate que le chien jaune a disparu : quelqu'un l'aurait aperçu dans le jardin de Michoux, qui refuse d'aller voir. Au domicile de ce dernier, Maigret trouve des traces de pas humains et canins.

À l'hôtel, il apprend la disparition de Servières, dont on retrouve la voiture près de la rivière quelque temps plus tard, avec le siège maculé de taches de sang. Par ailleurs, il constate le retour du chien jaune, couché aux pieds d'Emma. Terrorisé, Michoux se terre dans sa chambre. Pour Maigret, Michoux, Servières et Le Pommeret sont des hommes médiocres tentant d'entretenir les apparences.

Les évènements inspirent au journal local, *Le Phare de Brest*, un article sensationnaliste qui affirme qu'un dangereux vagabond des alentours serait coupable du meurtre. Le papier est anonyme.

En fin d'après-midi, dans la vieille ville, le chien jaune se fait tirer dessus : Maigret le fait soigner, mais il disparait à nouveau. Très vite, l'hôtel est pris d'assaut par les journalistes. Un nouveau retournement de situation se produit lorsque Le Pommeret, qui avait pris l'apéritif à l'hôtel, est retrouvé mort chez lui, empoisonné à la strychnine. Or on ne trouve aucune trace de poison dans la vaisselle analysée.

Dès lors, le maire exige une arrestation : Maigret établit un mandat d'arrêt au nom de Michoux. Comprenant qu'il est la prochaine victime – et non le coupable –, le commissaire spécifie à l'agent qui garde la cellule du médecin de ne laisser entrer personne. Un vagabond est également arrêté par deux gendarmes, mais il parvient à leur échapper. Le commissaire n'accorde d'ailleurs aucune importance à cette interpellation. Accompagné d'un des gendarmes, il se rend à la pointe du Cabélou, où il trouve des traces de nourriture montrant que le vagabond vit là depuis une semaine.

À 23 heures, Leroy retrouve Maigret sur le toit de l'hôtel pour observer la maison inhabitée dans laquelle dort le vagabond. Ce dernier y est rejoint par Emma : le couple se dispute, puis s'étreint passionnément avant de quitter les lieux.

Une nouvelle tentative de meurtre a lieu, visant cette fois un douanier. Après avoir vérifié que Michoux était sain et sauf, Maigret reçoit un télégramme : alors que Leroy l'avait informé plus tôt de la présence de Servières à Brest, celui-ci vient d'être arrêté à Paris. Le maire exige aussitôt un entretien avec le commissaire, qui lui démontre que tous les clients du café de l'Amiral peuvent être coupables, puis l'interroge sur Michoux. Il apprend que sa mère et lui comptent renflouer leurs finances en menant une opération immobilière. Avant de partir, Maigret annonce que l'affaire sera résolue dès le lendemain.

RÉSOLUTION DE L'ÉNIGME

Maigret et Leroy fouillent la chambre d'Emma et trouvent la lettre d'un certain Léon : celui-ci lui écrit qu'il s'est acheté un bateau, *La Belle Emma*, et qu'il pourra bientôt l'épouser. Ils s'occupent ensuite de la chambre qu'occupait Michoux. Maigret y déchiffre un message qui a été rédigé dans la pièce : Emma y fixe rendez-vous au vagabond dans la maison déserte.

Maigret convoque le maire, Mme Michoux, Servières, ainsi qu'Emma et son vagabond à la gendarmerie. Michoux se montre très agité, mais le commissaire le calme : « Dans quelques instants, l'assassin sera certainement entre ces quatre murs. » (p. 160)

Il interroge ensuite les personnes convoquées afin de savoir ce qui est arrivé, cinq ou six ans auparavant, au bateau appelé *La Belle Emma*. Selon le maire, il a été arraisonné à New York avec une cargaison de cocaïne.

Se tournant vers le vagabond, qui n'est autre que le Léon de la lettre reçue par Emma, le commissaire lui demande sa version des faits. À l'époque, Michoux, Servières, Le Pommeret et un Américain lui avaient proposé de faire de la contrebande. Une fois aux États-Unis, Léon a été arrêté, puis emprisonné à Sing Sing (New York), où, par hasard, il a rencontré l'Américain. Celui-ci lui a appris que *La Belle Emma* avait été vendue par les trois notables – qui voulaient toucher la récompense promise pour dénonciation de contrebande – et l'a fait libérer.

Libre, avec pour seul ami un chien jaune élevé à bord, le vagabond a alors juré de se venger en faisant connaitre aux trois hommes l'horreur de la prison. Après avoir revu Léon, qui s'est montré à Michoux dans l'espoir que celui-ci, terrifié, lui tire dessus et soit arrêté, Michoux a effectivement eu si peur qu'il a voulu le supprimer. Il a alors demandé à Emma de rédiger une lettre, sans l'avertir que cette missive visait à piéger son propre fiancé en lui fixant un rendez-vous dans la maison inhabitée. Mais Léon s'est méfié et c'est donc Mostaguen, qui, ivre, s'est trouvé au mauvais endroit au mauvais moment, et que Michoux a abattu à sa place.

En arrivant le lendemain, Maigret s'est aperçu que les trois hommes s'attendaient à un drame et a minutieusement observé leurs réactions. Apeuré, Servières a mis en scène son agression pour qu'on le croie mort après avoir écrit l'article du *Phare de Brest*, destiné à rendre Léon suspect aux yeux de la population. Sentant que Le Pommeret était sur le point de se rendre, Michoux l'a à son tour empoisonné.

Lorsque Léon est venu récupérer le chien jaune – qui est mort –, la police l'a arrêté, mais il s'est enfui. Maigret a fait emprisonner Michoux, afin de le protéger et de l'empêcher de nuire. Mais sa mère a tiré sur le premier passant venu pour qu'on ne puisse plus soupçonner son fils incarcéré. Pendant ce temps, Léon restait toujours dans les parages : il ne voulait pas que Michoux lui échappe. Mais Emma l'ayant aperçu, la jeune femme l'a rejoint et l'a convaincu qu'en s'enfuyant, ils pourraient recommencer une vie ensemble.

Michoux et sa mère sont alors arrêtés : le premier sera condamné à 20 ans de travaux forcés, sa mère à trois mois de prison. Servières, quant à lui, sera poursuivi pour outrage à la magistrature. Emma et Léon, à présent disculpés, vont s'installer au Havre avec l'argent que leur a donné Maigret.

ÉTUDE DES PERSONNAGES

LES ENQUÊTEURS

Maigret

Maigret, le célèbre commissaire, est déjà expérimenté quand il conduit cette enquête. Il se trouve à Concarneau parce que « depuis un mois, il était détaché à la Brigade Mobile de Rennes, où certains services étaient à réorganiser » (p. 13).

Comme à l'accoutumée, Simenon décrit peu le personnage : on sait seulement qu'il est massif, trapu, « énorme sur sa petite chaise » (p. 94) et qu'il fume continuellement la pipe. Ce qui le rend remarquable, c'est son comportement : le narrateur constate combien c'est « déroutant [...] de voir ses gros yeux vous fixer au front comme sans vous voir, puis de l'entendre grommeler quelque chose d'inintelligible en s'éloignant, avec l'air de vous tenir pour quantité négligeable » (p. 65).

Son impassibilité ressort particulièrement en présence de ceux qui perdent le contrôle d'eux-mêmes. Face à un Michoux terrorisé, Maigret apparait comme « l'antithèse [...] de l'agitation, de la fièvre, de la maladie [...] de cette frousse malsaine et écœurante » (p. 98). Et ce comportement impavide se retrouve dans la méthode du commissaire qui, par contraste avec son jeune inspecteur, affirme ne jamais rien déduire et ne jamais rien croire, mais s'en tenir aux faits. Maigret déclare au jeune homme admiratif qu'« en ce qui concerne cette affaire [sa] méthode a justement été de ne pas en avoir » (p. 146).

Leroy

Leroy est un jeune « inspecteur avec qui [Maigret] n'avait jamais travaillé » (p. 13) : il sort tout juste de l'école de police. Âgé de 25 ans, il « ressembl[e] davantage à ce que l'on appelle un jeune homme bien élevé qu'à un inspecteur de police » (p. 23). Son inexpérience et sa naïveté sont considérées avec une indulgence ironique par Maigret. Néanmoins, c'est une personne consciencieuse et de bonne volonté, à laquelle le commissaire fera de plus en plus confiance.

LES PETITES GENS

Emma

Emma est la fille de salle du café de l'Amiral, vêtue d'une jupe noire, d'un tablier blanc et portant une coiffe bretonne. D'emblée, elle s'attire la sympathie de Maigret avec son « long visage aux yeux cernés, aux lèvres minces, ses cheveux mal peignés où le bonnet breton gliss[e] toujours vers la gauche » (p. 22). Même si son visage est « sans grâce », il est pourtant « si attachant que [Maigret] ne cess[e] de l'observer » (p. 15).

Le narrateur précise ensuite cette image contrastée : « Elle était anémique. Sa poitrine plate n'était pas faite pour éveiller la sensualité. Néanmoins, elle attirait, par ce qu'il y avait de trouble en elle, de découragé, de maladif. » (p. 27) Aussi Maigret et Leroy se rendent-ils compte, après son étreinte avec Léon, qu'« elle [est] belle ! » : « Tout était émouvant, même sa taille plate, sa jupe noire, ses paupières rouges. » (p. 115)

Effacée et peu bavarde, elle parait accablée par une existence rude qui la contraint à être la maitresse occasionnelle
de Michoux et du Pommeret, sans en concevoir ni plaisir ni
espoir. Autrefois amoureuse de Léon, elle ignore ce qu'il est
devenu. En l'observant attentivement, Maigret constate
qu'« il y [a] en elle une humilité exagérée » : « On sentait
sous [l]es apparences comme des pointes d'orgueil qu'elle
s'efforçait de ne pas laisser percer. » (p. 27) C'est en effet
elle qui tente d'empoisonner les notables quand elle se rend
compte que Michoux a cherché à piéger Léon. C'est elle aussi
qui réussit à convaincre ce dernier de changer de dessein.

Léon Le Guérec

Léon Le Guérec est le fameux vagabond après lequel
courent les gendarmes et les notables de Concarneau. Ce
qui le caractérise, c'est son physique hors norme. Qualifié
à plusieurs reprises de colosse, il a des mains énormes. Le
commissaire l'appelle d'ailleurs affectueusement « mon
ours » (p. 99) ou « l'homme aux grands pieds » (p. 100),
après l'avoir vu « la tête rentrée dans les épaules, le torse
moulé par son chandail qui fai[t] jaillir les pectoraux, ses
cheveux coupés ras comme ceux d'un forçat » (p. 113).

Cette dernière comparaison suggère le passé compliqué de
Léon, au même titre que ses « deux dents cassées au beau
milieu de la bouche » (p. 88) et les tatouages de ses mains :
« Une ancre sur la main gauche, et les lettres SS des deux
côtés » (p. 86), souvenir de son séjour malheureux dans la
prison américaine de Sing Sing.

La fin du roman révèle un homme aux aspirations simples

(un bateau et une femme) qui s'est retrouvé piégé dans les combines malhonnêtes des notables de Concarneau. Trop simple pour pouvoir mettre sur pied une vengeance compliquée, il est résolu à donner sa vie, jusqu'à ce qu'Emma lui fasse comprendre que l'existence à laquelle ils rêvent est encore possible. Mais ni l'un ni l'autre n'auraient eu les moyens de parvenir au bonheur sans l'aide de Maigret.

Le chien jaune

Le chien jaune surgit au moment du premier crime, « venu on ne sait d'où » (p. 9). « Haut sur pattes, très maigre » (p. 11), il est décrit comme « une grosse bête jaune et hargneuse » (p. 9). Très vite, l'animal est vu comme le messager ou le complice des délits, et ses apparitions ou disparitions suscitent l'émoi au point qu'aveuglé par la psychose collective, un cordonnier lui tire dessus.

Il s'agit en fait de l'unique compagnon de Léon, depuis qu'il a quitté Concarneau pour l'Amérique : « Une bête qu'[il] avait élevée à bord, qui [l'] avait sauvé de la noyade et que là-bas [à Sing Sing], [...] on avait laissé vivre dans la prison... » (p. 172) L'animal, blessé par le coup de feu, ne survivra pas à ses blessures et, récupéré subrepticement par Léon, sera enterré au Cabélou.

LES NOTABLES

Le maire

Le maire est « un vieillard à barbiche blanche, très soigné, aux gestes secs » (p. 61), qui s'habille avec distinction. Lié aux autres notables par « des relations de bon voisinage »

(p. 136), il est issu d'une vieille famille concarnoise qui possédait la plupart des terres de la région. Son mode de vie et l'élégance de sa somptueuse villa témoignent de l'importance du gout et de l'argent dans sa lignée.

Personnage autoritaire, il fait appel à Maigret pour résoudre cette affaire et se montre impatient, voire menaçant, quand le commissaire tarde à arrêter le coupable. Il saura néanmoins être beau joueur et finalement respectueux des capacités de Maigret.

Ernest Michoux et sa mère

Ernest Michoux et sa mère forment un couple maléfique. La vieille femme n'apparait qu'à la fin du roman, « en robe mauve, avec tous ses bijoux, de la poudre et du rouge » (p. 162). Son parfum, « une odeur sucrée de violette » (p. 164), donne mal à la tête. Ces détails désagréables collent avec un personnage acariâtre, essayant d'intimider tout le monde en argüant de ses relations (son défunt mari était député). Les dernières lignes du *Chien jaune* la montrent intriguant dans les milieux politiques pour obtenir la révision du procès de son fils.

Quant à Michoux, c'est le personnage-clé du roman. Malgré son titre de docteur, il n'est « médecin que sur le papier, car il n'a jamais pratiqué » (p. 15). Raté, quitté par sa femme pour son manque d'ambition, c'est un débauché qui vit au-dessus de ses moyens. Créature maladive – il prétend souffrir des reins et n'en avoir plus pour très longtemps –, Michoux a un physique assez repoussant avec son « cou de jeune coq maigre, où saill[e] une pomme d'Adam jaunâtre » (p. 186).

Très vite paralysé par la peur que lui inspire Léon, il erre dans l'hôtel de l'Amiral « blanc comme un drap, les traits tirés, les narines pincées, les lèvres décolorées » (p. 174-175). Pourtant, cette lâcheté dont il se plaint auprès de Maigret est aussi une ruse pour essayer d'abuser le commissaire en accréditant l'idée qu'il est inoffensif. Elle lui permet de dissimuler son égoïsme et sa détermination à protéger coute que coute ses intérêts, même s'il doit trahir (Léon) et tuer (Le Pommeret).

Pendant son procès, il est « toujours plus maigre, plus jaune, plus souffreteux, mais il ne désarm[e] pas » (p. 189), faisant trainer les choses par de multiples recours. Une dernière image de lui, en partance pour Cayenne, le montre « toujours maigre et jaune, le nez de travers, le sac au dos, le calot sur la tête » (*ibid.*).

Yves Le Pommeret

Yves Le Pommeret est le seul à mourir des œuvres de Michoux. « À son allure et à sa voix on [le] reconnaît immédiatement pour un notable » (p. 10) : « Il avait de jolies moustaches argentées, des cheveux bien lissés, un teint clair et des joues ornées de couperose. » (p. 14) Servières le présente comme un « impénitent coureur de filles, rentier de son état et vice-consul du Danemark » (*ibid.*).

Sa réputation dans la région n'est pas bonne, car il use de son statut de nobliau pour débaucher de jeunes ouvrières. Mais ce qui ressort surtout au fil de l'enquête, c'est que cet homme vit largement au-dessus de ses moyens : « fainéant » selon son frère (p. 103), il a « la manie de faire des dettes et de jouer au grand seigneur » (*ibid.*). D'où ses criants besoins d'argent.

Jean Servières

Des trois notables, Jean Servières (c'est un pseudonyme) est le moins coupable, même s'il est, comme eux, un raté qui vit au-dessus de ses moyens et, à l'occasion, un débauché. « Petit personnage grassouillet » (p. 12), il est rédacteur au *Phare de Brest*. Il se présente comme un Parisien qui aurait pris sa retraite à Concarneau, mais Maigret découvre qu'il s'est réfugié là parce qu'il avait des ennuis dans la capitale. La réapparition de Léon l'effraye au point qu'il choisit de faire le mort, après avoir rédigé un article à sensation : il connait le pouvoir des journaux sur l'opinion publique et espère que, paniqués, les Concarnois pourchasseront le vagabond.

CLÉS DE LECTURE

UNE LEÇON DE SOCIOLOGIE

Un roman réaliste

Dans son ouvrage devenu référence, *Les romanciers du réel*, le critique Jacques Dubois retrace l'évolution du projet réaliste, avant de noter son inflexion, à la suite de Guy de Maupassant (écrivain français, 1850-1893), vers une corrélation entre aspiration réaliste et connaissance de l'homme :

> « Il s'agira moins de dire le monde objectif que de donner à voir une conscience en train de percevoir le monde et retirant de cette relation un savoir existentiel, mais non moins pénétrant. Le sujet se fait ainsi miroir dans lequel le monde se réfracte de façon généralement fragmentée. [...] L'information donnée, le savoir dispensé sont toujours tributaires d'une position d'énonciation telle qu'elle est manifestée par le texte. » (DUBOIS J., *Les romanciers du réel. De Balzac à Simenon*, Paris, Seuil, coll. « Points – Essais », 2000, p. 59)

Le propos sied parfaitement aux romans de Simenon, dont *Le Chien jaune*. De fait, c'est à travers l'œil de Maigret que se construit un environnement géographique et social bien réel, primordial pour la compréhension de l'œuvre. L'image du commissaire, assis ou debout, « observ[ant] les visages du coin de l'œil » (p. 33), revient sans cesse. Cette restriction de l'angle de vue, en donnant l'impression de ne voir qu'un coin du tableau, est en même temps le gage d'une grande acuité. Ainsi, lorsqu'il se rend chez le maire, le commissaire est prompt à noter les détails de son accoutrement, jusqu'à « ses cheveux blancs, son veston bordé de soie, son pantalon gris au pli rigide » (p. 135), tandis qu'« il eût été impossible de deviner les sentiments de Maigret » (*ibid.*).

Sur un plan linguistique, le recours massif au discours permet encore de classer les différents personnages selon leur manière de s'exprimer, que ce soit par le biais du discours direct dans les dialogues ou dans les correspondances, comme cette lettre d'Emma (chapitre IX), caractérisée par ses nombreuses entorses à l'orthographe et à la grammaire.

Tout détail ne saurait être inutile, surtout dans un livre de 180 pages. Distillées au fil du livre, les touches descriptives à valeur narrative se multiplient. Ainsi, l'on aura noté qu'il ne s'agit pas ici de décrire en vain.

Un roman social

Pour comprendre *Le Chien jaune* et d'une façon plus générale l'œuvre de Simenon, il convient de s'attarder un instant sur l'idéologie simenonienne qui régit l'ensemble de ses livres. Pour Simenon, l'homme est doublement déterminé : par son milieu social et par son passé. S'il peut évoluer et acquérir une nouvelle condition sociale, celle-ci ne fera que l'habiller, mais n'effacera pas sa première condition. Ce principe est notamment à l'œuvre dans *Le Chien jaune* à travers la construction du personnage du docteur Michoux.

Simenon n'a eu de cesse de le répéter : « connaître l'homme », apprendre à lire « l'homme nu », revient comme un éternel refrain dans nombre d'interviews de l'auteur. Ce but quasi scientifique qu'il s'est assigné tout au long de sa carrière confère à ses romans des allures de « laboratoires » (le mot est encore de Jacques Dubois) d'expérimentation. En cela, on a voulu voir en Simenon un héritier de la doctrine naturaliste d'Émile Zola (écrivain français, 1840-1902) – on évitera ici d'affirmer une telle chose, même si la comparaison s'impose d'elle-même.

Dans cette optique, tout drame survenant et donnant lieu à une enquête du commissaire Maigret peut être lu comme un prétexte à l'exploration des différents milieux sociaux. La ville devient alors un cadre rigide, restreint et difficile à dépasser pour les personnages.

Sur un plan sociologique, l'ensemble des descriptions traduit une volonté de camper des types en prise avec leur milieu social et leur passé, tous deux tenant un discours sur le futur. Lorsqu'Emma apparait pour la première fois, c'est sa tenue qui est évoquée, et « son long visage aux yeux cernés, aux lèvres minces, ses cheveux mal peignés où le bonnet breton glissait toujours vers la gauche bien qu'elle le remît en place à chaque instant » (p. 22). Puis, on glisse d'une description physique à une lecture symbolique :

> « Il y avait en elle une humilité exagérée. Ses yeux battus, sa façon de se glisser sans bruit, sans rien heurter, de frémir avec inquiétude au moindre mot, cadraient assez bien avec l'idée qu'on se fait du souillon habitué à toutes les duretés. » (p. 27)

Ainsi, on comprend mieux la symbolique de ce bonnet de

guingois, symbole d'une vie de travers, lorsque l'on connait le passé trouble de la jeune femme, en prise avec les hommes.

Tout se passe comme si ce personnage renfermait trois strates de lectures distinctes :

- celui qu'il est, qui s'offre au premier abord ;
- celui qu'il a été, qui se laisse entrevoir dans celui qu'il est ;
- celui qu'il sera, en vertu du déterminisme social et du passé personnel, préalablement établis comme lois par l'auteur.

Le dialogue et le volume de parole sont aussi de sérieux indicateurs de cette lutte des classes qui se joue entre les « forts » (le maire, le docteur Michoux, Le Pommeret d'un côté) et les faibles, en les personnes d'Emma et de Léon, que le surnom « L'Ours » déshumanise. Ces deux derniers d'ailleurs se caractérisent par un faible volume de parole : Léon ne s'exprime qu'à la toute fin du roman ; quant à Emma, quoique présente dès le début, elle n'en demeure pas moins une présence-absence, lançant ici ou là quelques regards inquiets sur le monde qui bouge autour d'elle et sur lequel elle semble n'avoir aucune prise...

Une petite ville de province à la société très hiérarchisée

Presque coupée du monde par la tempête, Concarneau apparait comme un microcosme un peu étouffant, « un pays [...] où tout le monde se connait » (p. 34) et où les gens s'observent constamment. Le lendemain de son arrivée,

Maigret l'étranger « se [rend] compte, aux regards qu'on lui lan[ce], que tout le monde le connaî[t] déjà » (p. 44).

Mais ce qui ressort surtout, c'est la hiérarchisation très stricte de la population : les petites gens, tenues pour quantité négligeable, sont méprisés, voire manipulés sans vergogne par les notables. En réponse, les petites gens n'aiment guère ces derniers et se réjouissent de leur déconfiture, à défaut de s'opposer franchement à eux.

Face aux meurtres des notables, « les petits, les ouvriers, les pêcheurs ne s'émeuvent pas trop, explique un jeune agent de police. Et même, ils sont presque contents de ce qui arrive » (p. 83). C'est que les notables leur font sentir en permanence la supériorité qu'ils imaginent avoir sur eux : « L'été, avec leurs amis de Paris, [...] ils étaient toujours à boire, à faire du bruit dans les rues à deux heures du matin, comme si la ville leur appartenait... » (*ibid.*)

Cette hiérarchie, qui fait du mépris et de l'assujettissement du faible par le fort l'unique contrat social, explique que certains soient prêts à tout pour se maintenir dans une position supérieure, même quand leurs finances ne le leur permettent plus. Les trois notables se trouvent dans cette situation malaisée qu'ils essaient de masquer par le trafic de cocaïne, par des opérations immobilières douteuses (Michoux et sa mère) ou encore par des dettes et de l'esbroufe (Le Pommeret).

On pourrait alors voir dans *Le Chien jaune* une critique des univers provinciaux, mais ce que Léon rapporte de Sing Sing – « Il y avait des prisonniers riches qui allaient se promener en ville presque tous les soirs... Et les autres leur servaient de domestiques !... » (p. 170) – suggère que ce type de fonctionnement n'est pas le propre d'une petite ville française, mais celui de toute société humaine.

LE THÈME DE LA PEUR

Lors de la résolution de l'intrigue, Maigret affirme que la peur « est à la base de tout ce drame » (p. 181). De fait, au niveau individuel comme au niveau collectif, c'est le sentiment le mieux représenté dans *Le Chien jaune*.

On songe au personnage de Michoux, reclus dans sa chambre d'hôtel, qui « illustr[e] l'idée de panique dans ce qu'elle a de plus pitoyable, de plus affreux » (p. 155). Mais c'est aussi la population concarnoise tout entière qui y est soumise. Le narrateur multiplie les notations permettant au lecteur de se figurer un début de psychose collective, constatant par exemple, après la disparition de Servières, qu'« en moins d'un quart d'heure, les rues se vidèrent et quand des pas résonnaient c'étaient les pas précipités d'un passant anxieux de se mettre à l'abri chez lui » (p. 54).

Une réflexion de Michoux – « C'est facile, le mépris des forts pour les lâches... Encore devrait-on s'inquiéter de connaitre les causes profondes de la lâcheté... » (p. 96) – invite à s'interroger. Bien entendu, le personnage entend induire Maigret en erreur en se faisant passer pour une victime impuissante, mais il rappelle aussi que tout ce qui fait peur a une cause ; une cause dont quelques-uns ont parfois la maitrise, de sorte qu'ils peuvent entretenir la peur à dessein... Et de fait, dans *Le Chien jaune*, les hommes de pouvoir l'utilisent dans les rapports interpersonnels, pour contraindre autrui à l'obéissance. Le maire s'y essaie par exemple avec Maigret, tentant de l'intimider pour qu'il accélère son enquête.

Mais l'utilisation de la peur peut être encore plus retorse. À la fin du roman, le commissaire révèle que ce sentiment, dont Michoux prétend être la victime, a failli lui permettre, à lui et à ses comparses, de se débarrasser de l'homme qui les terrorisait. Partant du principe qu'« une population affolée est capable de tout » (p. 181) et comptant là-dessus pour que, terrorisé, un Concarnois tire sur Léon, Michoux et Servières font en effet tout pour instaurer en ville un climat propice au meurtre.

En outre, Simenon dénonce ici le pouvoir délétère de la presse qui, sous couvert de donner des informations, manipule l'opinion publique. Dans l'article que Servières rédige pour *Le Phare de Brest*, « chaque phrase est calculée pour semer la terreur à Concarneau » (p. 180). L'effet est immédiat et les choses vont naturellement en s'amplifiant avec l'arrivée massive des journalistes parisiens. Soucieux de faire vendre, les rédacteurs accréditent, sans la moindre preuve, l'idée d'une menace pesant sur la ville. Simenon se plait dès lors à introduire dans le roman des articles dans le style de la presse à scandale, montrant qu'elle joue sur les sentiments au détriment des faits et de la vérité.

UN ROMAN POLICIER

Au moment de la publication du *Chien jaune* en 1931, la littérature policière est un terme générique renfermant des œuvres nuancées, quoiqu'obéissant à la même structure générale, dont les origines se perdent dans les méandres de l'histoire. On n'a ainsi pas hésité à faire remonter le genre à la Bible, même s'il est plus vraisemblable d'en tirer les parangons sinon de la fin du XVIIIe siècle, du moins au XIXe.

Nommé roman problème, ou roman à énigme, le roman policier se distingue du thriller, ou roman à faire frémir, qui propose des aventures visant à faire naitre l'effroi, et dont l'origine se confond avec celle du roman gothique anglais. Le roman policier, quant à lui, se concentre sur le schéma de résolution d'un crime.

Avec sa nouvelle *Double assassinat dans la rue Morgue*, parue en 1841 et considérée par l'ensemble de la critique comme l'acte de naissance du genre policier, Edgar Allan Poe (écrivain américain, 1809-1849) offre au public une méthode d'élucidation des crimes rigoureuse. Son chevalier Dupin imprègnera son caractère scientifique et rudement logique aux futurs inspecteurs, commissaires et autres responsables d'enquêtes. Le policier Lecoq d'Émile Gaboriau (1832-1873, écrivain, considéré comme le père du roman policier français), dès *L'Affaire Lerouge* (1866), puis le détective Sherlock Holmes d'Arthur Conan Doyle (romancier britannique, 1859-1930), systématiseront et ancreront les techniques d'observation scientifique comme lois du genre dans les productions futures.

Ainsi, dès la première enquête de Maigret, *Pietr-le-Letton* (1931), Simenon semble ne rien offrir de neuf au public. Comme dans tout roman policier, Maigret, commissaire de la brigade de Sureté, est confronté à un crime, zone d'ombre entourée de ses questions, que le chargé d'enquête se devra d'élucider par une méthode. Or c'est par cette phase que Maigret rompt avec ses prédécesseurs.

Ce qui intéresse Maigret, ce n'est nullement le crime, mais le criminel. Voilà pourquoi il laisse volontiers de côté la rigueur logique. *Le Chien jaune* confronte d'ailleurs l'inspecteur Leroy, symbole de la méthode scientifique, et Maigret, adepte d'une méthode plus intuitive. Or c'est bien Maigret qui fait ce qu'il veut, quitte à perdre parfois son lecteur, qui ne le voit plus qu'en proie à sa propre volonté, allant et venant, au grand dam des autres personnages qui concluent au piétinement de l'enquête, jusqu'à la révélation finale de l'assassin, qui intervient comme un coup d'éclat.

En rompant tout à la fois avec le traitement chronologique et logique des affaires, il revient donc à l'inspecteur Maigret une place à part dans l'histoire de la littérature policière.

LA MÉTHODE MAIGRET

Le moins que l'on puisse dire, c'est que la méthode d'investigation du commissaire Maigret détonne. Étonnamment paradoxale, elle se trouve résumée en ces termes au chapitre IX du roman :

> « Surtout en ce qui concerne cette affaire, dans laquelle ma méthode a justement été de ne pas en avoir... Si vous voulez un bon conseil, si vous tenez à votre avancement, n'allez surtout pas prendre modèle sur moi, ni essayer de tirer des théories de ce que vous me voyez faire... » (p. 147)

Il y a pourtant bien une « méthode Maigret », qu'elle soit

mise en œuvre dans *Le Chien jaune* ou dans bon nombre d'enquêtes du commissaire. Celle-ci obéit à trois étapes distinctes et succinctes :

- **la phase d'imprégnation** du milieu, des êtres, de l'environnement (chapitres I à VII). C'est la phase la plus longue. On y voit Maigret assis, en train de fumer son incontournable pipe, comme en dehors du temps et de l'espace. En réalité, Maigret se soucie peu des indices matériels, privilégiant les notations comportementales, passées au crible d'une suspicion et d'un regard inquisiteur sans pareil. En face du jeune Leroy, qui représente les méthodes d'investigation traditionnelle de la police, Maigret semble tâtonner, s'enfoncer dans une lenteur contre laquelle le maire, relai diégétique de l'étonnement du lecteur, s'insurge tout au long du livre. Il avance en sourdine ce qui, mis en lien avec son allure pataude, ses pas « lourds » (p. 142) battant le pavé de Concarneau, son « air rêveur » (p. 149), dessine un personnage complexe. Le décalage, comique en un sens, entre l'entrain des deux personnages, est noté par le narrateur : « Et Maigret avait l'air de prendre tout cela à la blague ! » (p. 104) ;
- **la phase d'enquête** proprement dite (chapitres VIII et IX). Maigret pénètre dans les lieux dont le lecteur était jusque-là maintenu à l'écart : la chambre d'Emma, puis celle du docteur Michoux. Il semble enfin s'attacher aux indices matériels. On le voit se saisir d'une carte postale, puis d'une lettre signée par un certain Léon. Sans doute est-ce durant cette phase que le commissaire comprend où le destin des uns et des autres a basculé : suppositions dont on a la confirmation lors de la dernière phase ;

- **la phase de confrontation** des victimes, des coupables ainsi que des représentants de la justice et de l'ordre (chapitres X et XI). C'est de cette phase que dépendent en réalité les deux premières, ce à quoi faisait sans doute allusion le commissaire lorsqu'il laissait entendre à l'inspecteur Leroy qu' « [il a] pris l'enquête à l'envers » (p. 147). À ce stade, l'anamnèse (rappel des antécédents, reconstitution) replace les évènements dans l'ordre chronologique et laisse enfin éclater la vérité. Léon, la victime éprise de vengeance, a droit à la parole, complétée par celle du commissaire.

Ainsi, dans *Le Chien jaune*, il est évident que le commissaire s'intéresse moins à une intrigue qu'à des individus. Cet humanisme dont il fait preuve le conduit parfois à faire quelques entorses à l'éthique de la fonction policière. Humain – sans doute trop ! –, Maigret soustrait ici Emma à la justice, alors qu'elle est coupable d'une tentative de meurtre sur quatre personnes... Jusqu'au bout, il demeure donc un personnage unique et atypique.

PISTES DE RÉFLEXION

QUELQUES QUESTIONS POUR APPROFONDIR SA RÉFLEXION...

- Étudiez le cadre de l'intrigue, aussi bien les lieux que l'ambiance et l'atmosphère. En quoi favorise-t-il le suspense ?
- Quels effets la temporalité du récit (sa durée ainsi que sa chronologie) produit-elle ?
- Observez la méthode de Maigret. Sur quoi celui-ci s'appuie-t-il pour mener son enquête ? Quels éléments met-il de côté ? Quels éléments privilégie-t-il ?
- Lors de son entretien avec Maigret, Michoux lui déclare : « C'est facile, le mépris des forts pour les lâches... Encore devrait-on s'inquiéter de connaitre les causes profondes de la lâcheté... » (p. 96) Comment comprenez-vous cette phrase à la lecture du *Chien jaune* ?
- Examinez le rôle des médias, et surtout de la presse, dans cette enquête. En quoi l'utilisation que font les journalistes de certaines informations sur l'enquête en cours peut-elle être dangereuse ?
- Pensez-vous qu'à l'heure actuelle, les médias continuent de manipuler l'opinion publique en jouant sur ses peurs ? Justifiez votre réponse.
- Étudiez la scène classique de la confrontation finale et de la révélation du coupable. Quels en sont les éléments traditionnels ?
- Dans *Le Chien jaune*, en quoi Simenon se montre-t-il très sévère envers la bourgeoisie ? Trouvez-vous qu'il est plus tendre envers les petites gens ? Justifiez votre réponse.
- On a pu dire que les intrigues de la série des Maigret

contenaient quelques faiblesses, notamment dans la conduite du commissaire. Avez-vous noté certaines de ces faiblesses ?

- La critique n'a pas été tendre avec Simenon. On lui reproche souvent une absence de style. Qu'en pensez-vous ?

Votre avis nous intéresse !
Laissez un commentaire sur le site de votre librairie en ligne
et partagez vos coups de cœur sur les réseaux sociaux !

POUR ALLER PLUS LOIN

ÉDITION DE RÉFÉRENCE

- Simenon G., *Le Chien jaune*, Paris, Librairie générale française, coll. « Le Livre de Poche », 2003.

ÉTUDE DE RÉFÉRENCE

- Dubois J., *Les romanciers du réel. De Balzac à Simenon*, Paris, Seuil, coll. « Points – Essais », 2000.

ADAPTATIONS

- *Le Chien jaune*, film de Jean Tarride, avec Abel Tarride, Rosine Deréan, Rolla Norman, France, 1932.
- *Le Chien jaune*, téléfilm de Claude Barma, avec Jean Richard, Claude Vernier, Georges Aubert, France, 1968.
- *Le Chien jaune*, téléfilm de Pierre Bureau, avec Jean Richard, Philippe Rouleau, Claude Dunneton, France, 1988.

SUR LEPETITLITTÉRAIRE.FR

- Fiche de lecture sur *Le Bourgmestre de Furnes* de Georges Simenon.

Retrouvez notre offre complète sur lePetitLittéraire.fr

- des fiches de lectures
- des commentaires littéraires
- des questionnaires de lecture
- des résumés

ANOUILH
- Antigone

AUSTEN
- Orgueil et Préjugés

BALZAC
- Eugénie Grandet
- Le Père Goriot
- Illusions perdues

BARJAVEL
- La Nuit des temps

BEAUMARCHAIS
- Le Mariage de Figaro

BECKETT
- En attendant Godot

BRETON
- Nadja

CAMUS
- La Peste
- Les Justes
- L'Étranger

CARRÈRE
- Limonov

CÉLINE
- Voyage au bout de la nuit

CERVANTÈS
- Don Quichotte de la Manche

CHATEAUBRIAND
- Mémoires d'outre-tombe

CHODERLOS DE LACLOS
- Les Liaisons dangereuses

CHRÉTIEN DE TROYES
- Yvain ou le Chevalier au lion

CHRISTIE
- Dix Petits Nègres

CLAUDEL
- La Petite Fille de Monsieur Linh
- Le Rapport de Brodeck

COELHO
- L'Alchimiste

CONAN DOYLE
- Le Chien des Baskerville

DAI SIJIE
- Balzac et la Petite Tailleuse chinoise

DE GAULLE
- Mémoires de guerre III. Le Salut. 1944-1946

DE VIGAN
- No et moi

DICKER
- La Vérité sur l'affaire Harry Quebert

DIDEROT
- Supplément au Voyage de Bougainville

DUMAS
- Les Trois Mousquetaires

ÉNARD
- Parlez-leur de batailles, de rois et d'éléphants

FERRARI
- Le Sermon sur la chute de Rome

FLAUBERT
- Madame Bovary

FRANK
- Journal d'Anne Frank

FRED VARGAS
- Pars vite et reviens tard

GARY
- La Vie devant soi

GAUDÉ
- La Mort du roi Tsongor
- Le Soleil des Scorta

GAUTIER
- La Morte amoureuse
- Le Capitaine Fracasse

GAVALDA
- 35 kilos d'espoir

GIDE
- Les Faux-Monnayeurs

GIONO
- Le Grand Troupeau
- Le Hussard sur le toit

GIRAUDOUX
- La guerre de Troie n'aura pas lieu

GOLDING
- Sa Majesté des Mouches

GRIMBERT
- Un secret

HEMINGWAY
- Le Vieil Homme et la Mer

HESSEL
- Indignez-vous !

HOMÈRE
- L'Odyssée

HUGO
- Le Dernier Jour d'un condamné
- Les Misérables
- Notre-Dame de Paris

HUXLEY
- Le Meilleur des mondes

IONESCO
- Rhinocéros
- La Cantatrice chauve

JARY
- Ubu roi

JENNI
- L'Art français de la guerre

JOFFO
- Un sac de billes

KAFKA
- La Métamorphose

KEROUAC
- Sur la route

KESSEL
- Le Lion

LARSSON
- Millenium I. Les hommes qui n'aimaient pas les femmes

LE CLÉZIO
- Mondo

LEVI
- Si c'est un homme

LEVY
- Et si c'était vrai…

MAALOUF
- Léon l'Africain

MALRAUX
- La Condition humaine

MARIVAUX
- La Double Inconstance
- Le Jeu de l'amour et du hasard

MARTINEZ
- Du domaine des murmures

MAUPASSANT
- Boule de suif
- Le Horla
- Une vie

MAURIAC
- Le Nœud de vipères

MAURIAC
- Le Sagouin

MÉRIMÉE
- Tamango
- Colomba

MERLE
- La mort est mon métier

MOLIÈRE
- Le Misanthrope
- L'Avare
- Le Bourgeois gentilhomme

MONTAIGNE
- Essais

MORPURGO
- Le Roi Arthur

MUSSET
- Lorenzaccio

MUSSO
- Que serais-je sans toi ?

NOTHOMB
- Stupeur et Tremblements

ORWELL
- La Ferme des animaux
- 1984

PAGNOL
- La Gloire de mon père

PANCOL
- Les Yeux jaunes des crocodiles

PASCAL
- Pensées

PENNAC
- Au bonheur des ogres

POE
- La Chute de la maison Usher

PROUST
- Du côté de chez Swann

QUENEAU
- Zazie dans le métro

QUIGNARD
- Tous les matins du monde

RABELAIS
- Gargantua

RACINE
- Andromaque
- Britannicus
- Phèdre

ROUSSEAU
- Confessions

ROSTAND
- Cyrano de Bergerac

ROWLING
- Harry Potter à l'école des sorciers

SAINT-EXUPÉRY
- Le Petit Prince
- Vol de nuit

SARTRE
- Huis clos
- La Nausée
- Les Mouches

SCHLINK
- Le Liseur

SCHMITT
- La Part de l'autre
- Oscar et la Dame rose

SEPULVEDA
- Le Vieux qui lisait des romans d'amour

SHAKESPEARE
- Roméo et Juliette

SIMENON
- Le Chien jaune

STEEMAN
- L'Assassin habite au 21

STEINBECK
- Des souris et des hommes

STENDHAL
- Le Rouge et le Noir

STEVENSON
- L'Île au trésor

SÜSKIND
- Le Parfum

TOLSTOÏ
- Anna Karénine

TOURNIER
- Vendredi ou la Vie sauvage

TOUSSAINT
- Fuir

UHLMAN
- L'Ami retrouvé

VERNE
- Le Tour du monde en 80 jours
- Vingt mille lieues sous les mers
- Voyage au centre de la terre

VIAN
- L'Écume des jours

VOLTAIRE
- Candide

WELLS
- La Guerre des mondes

YOURCENAR
- Mémoires d'Hadrien

ZOLA
- Au bonheur des dames
- L'Assommoir
- Germinal

ZWEIG
- Le Joueur d'échecs

www.lepetitlitteraire.fr

ISBN version numérique : 978-2-8062-2630-3
ISBN version papier : 978-2-8062-2632-7
Dépôt légal : D/2017/12603/479

Avec la collaboration de Bachir Bourras pour les chapitres
« Un roman réaliste », « Un roman social », « Un roman
policier » et « La méthode Maigret ».

Conception numérique : Primento,
le partenaire numérique des éditeurs.

Ce titre a été réalisé avec le soutien de la Fédération
Wallonie-Bruxelles, Service général des Lettres et du Livre.

Made in United States
North Haven, CT
17 February 2026